# LES

# ANDROUET DU CERCEAU

ET

## LEUR MAISON DU PRÉ AUX CLERCS

PAR

### ADOLPHE BERTY

(1549 — 1645)

Extrait du Bulletin de la Société de l'Histoire du Protestantisme français
Nos 7 et 8. — Novembre et décembre 1857.

## PARIS

TYPOGRAPHIE DE CH. MEYRUEIS ET Cᵉ
RUE DES GRÈS, 11

**1857**

*(Tiré à cent exemplaires.)*

LES

# ANDROUET DU CERCEAU

ET

## LEUR MAISON DU PRÉ AUX CLERCS

(1549 — 1645)

Personne n'ignore combien sont rares les documents qui nous sont parvenus sur la vie des grands artistes français du XVIe siècle, et combien sont entachées d'obscurités et d'erreurs la multitude de biographies qu'on en a faites. Plus que tous les autres peut-être, les Androuet du Cerceau ont donné lieu à des récits contradictoires et absurdes. Ils sont encore si mal connus que, récemment pour tout le monde, et aujourd'hui même pour le plus grand nombre, il n'y a qu'un Du Cerceau célèbre, Jacques : le graveur. A s'en rapporter à la plupart des biographes, c'est l'auteur du livre des *plus excellens Bastimens de France*, qui, né au commencement du règne de François Ier, aurait donné les plans du Pont-Neuf en 1578, bâti l'hôtel de Bellegarde, lequel ne remontait pas au delà de 1615, voire même celui de Bretonvilliers d'une trentaine d'années au moins plus moderne, ce qui impliquerait tout simplement une longévité d'environ un siècle et demi.

En 1843, un architecte, à la fin de sa longue carrière, Callet, qui s'était pris de belle passion pour Du Cerceau, et avait réuni un magnifique œuvre de ce maître, publia une notice où, réfutant une partie des erreurs de ses devanciers, il fit voir que Jacques Androuet avait eu un parent, Baptiste Androuet, avec lequel on l'avait presque toujours confondu, et donna sur tous les deux plusieurs renseignements nouveaux et curieux (1). Pour confirmer d'ailleurs quelques-unes de ses assertions, il renvoya à certains mémoires

_______

(1) *Notice historique sur la vie et les ouvrages de quelques architectes français du XVIe siècle*. Paris, 1842, in-4° avec fig.

du temps, où l'on ne trouve pas aisément (si toutefois on l'y trouve vraiment) ce qu'il dit y exister. Quant au reste de ses affirmations, même les plus capitales, il ne cita absolument rien à l'appui. Il est clair que Callet, peu habitué à traiter des matières historiques, a donné, et nous le prouverons, comme des faits avérés, le résultat de suppositions gratuites faites sans doute avec une entière sincérité, mais sous l'influence d'une sorte d'infatuation sénile dont les traces sont très sensibles. Callet ne paraît pas non plus avoir soupçonné qu'un troisième et même un quatrième Du Cerceau avait joué un grand rôle parmi les anciens architectes français. En somme, il n'a encore rien paru sur cette famille des Androuet, qui ne laisse infiniment à désirer sous le rapport de la quotité et de l'exactitude des renseignements ; et cette circonstance nous justifiera, nous l'espérons, de mettre au jour ceux qui vont suivre. Ils sont loin, nous le reconnaissons, d'apprendre tout ce que l'on souhaiterait savoir, mais ils éclaircissent plusieurs points restés jusqu'ici parfaitement obscurs et sont incontestablement aussi authentiques que possible. Au surplus, nous ne nous proposons nullement d'écrire une biographie ; notre but est uniquement de ne pas laisser subsister plus longtemps de déplorables méprises à l'endroit de deux des plus grandes illustrations artistiques de notre pays, et de fournir quelques matériaux inédits et précis à celui qui se sentira capable d'entreprendre leur intéressante histoire.

Le lieu et la date de la naissance de JACQUES ANDROUET, sieur DU CERCEAU, sont mal connus. Cette circonstance que ses premières gravures furent publiées à Orléans, a fait croire qu'il était originaire de cette ville ; il l'était bien plus probablement de Paris même, car dans la *Bibliothèque Française* (in-fº, 1584, page 175) de La Croix du Maine, son contemporain, on lit : « Jacques Androuet, *Parisien*, surnommé Du Cerceau, qui est à dire cercle, « lequel nom il a retenu pour avoir un cerceau pendu à sa maison, pour la re-« marquer, et y servir d'enseigne (ce que je dis en passant, pour ceux qui « ignoreroyent la cause de ce surnom). » Le renseignement semble fort concluant. Quant aux ascendants de Jacques Androuet, rien n'apprend ce qu'ils ont été. Son père travailla avec Joconde au château de Gaillon en 1505, dit Callet, qui invoque à ce propos un passage du *Voyage pittoresque* en Normandie. Pour apprécier jusqu'à quel point Callet était dépourvu de critique, il suffit de jeter un coup d'œil sur le passage allégué, où il n'y a rien qui se puisse interpréter ainsi ; et l'on ne rencontre pas davantage quelque chose de semblable dans les comptes du château de Gaillon, publiés par M. Deville.

Si l'on voulait encore en croire Callet sur sa simple parole, Jacques Androuet aurait été âgé de soixante-trois ans en 1576, et conséquemment serait né en 1513 ; mais cette date, qui ne manque pas de vraisemblance, n'est rien moins que certaine, car il faut admettre que si Callet l'avait vue consignée quelque part il en aurait fait part à ses lecteurs, et il est muet à cet égard. On en est donc réduit aux conjectures, et l'on est seulement autorisé à dire que, puisque antérieurement à l'apparition, en 1549, de son premier ouvrage signé, Du Cerceau en avait déjà composé un anonyme, il ne saurait être né plus tard que 1520; d'un autre côté, diverses présomptions, et surtout son livre imprimé à Turin en 1584, ne permettent pas de reporter sa naissance beaucoup au delà.

La gravure paraît être à peu près l'unique moyen par lequel Du Cerceau attira sur lui l'attention publique. Il se donne, il est vrai, à lui-même le titre d'architecte; mais c'est assurément une question de savoir s'il a jamais justifié ce titre autrement que par des travaux graphiques. Pour notre part, nous en doutons beaucoup; car nous constatons que de tous les monuments qui lui sont communément attribués, il n'en est aucun où il soit indubitablement pour quelque chose, fait qui a passé jusqu'à ce jour inaperçu, et sur lequel il nous serait aisé d'insister en accumulant les preuves, si nous n'avions cette confiance que la suite de la présente notice rendra cette précaution inutile. Puis, ce qui nous préoccupe surtout, du moins pour le moment, ce ne sont pas les œuvres des Du Cerceau, ni les détails de leur vie artistique : c'est la distinction qu'il convient de faire entre eux, et qui n'a jamais été faite. Sans donc nous arrêter à l'énumération de ses recueils de planches, dont quelques-unes sont des chefs-d'œuvre de goût et d'invention, et sans discuter les épisodes apocryphes de sa laborieuse existence, nous passerons sans transition aux questions relatives à l'individualité trop longtemps méconnue de Jacques Androuet.

Jacques Androuet, est-il dit partout, mourut à l'étranger, et Callet assure, toujours sans rien citer pour le démontrer, que sa mort eut lieu en 1592, à Turin. Nous ne savons rien de cet événement, mais nous avons trouvé dans les archives de l'ancienne Université, plusieurs actes notariés se rapportant à une maison de la rue du Colombier (Jacob), qui établissent de la manière la plus incontestable qu'en 1602 existait à Paris un Jacques Androuet du Cerceau, contrôleur et architecte des bâtiments du roi. Celui-ci était-il le même que Jacques le graveur, ou serait-ce son fils (car tout autre degré de parenté est moins admissible)? Examinons-le.

On sait que comme Jean Cousin, Jean Goujon, etc., les Du Cerceau appartenaient à la religion réformée (1), dont les publications de la *Société de l'Histoire du Protestantisme* et la *France protestante*, de MM. Haag, nous font aujourd'hui connaître les adeptes français les plus distingués. Or, un document du plus haut intérêt, les registres de l'Eglise réformée de Paris au XVII<sup>e</sup> siècle, document longtemps cherché, a été enfin découvert par les soins du président de la Société, M. Ch. Read, qui a bien voulu nous en communiquer des extraits, avec cette libéralité du travailleur sérieux qu'anime toujours le désir de voir la vérité surgir, d'où qu'elle vienne. Nous trouvons dans ces notes précieuses diverses données, qui, réunies à celles que nous

---

(1) Dans les comptes de la reine, en 1585, un « M<sup>e</sup> Jacque Cerceau » figure au nombre de ses aumôniers; mais nous doutons que ce Jacques Cerceau appartînt réellement à la famille des Androuet. (Voir, aux arch. de l'Emp., le registre KK 116, f° 26 r°.)

ont fournies les archives de l'Université, jettent un tel jour sur la question que nous venons de poser qu'elles permettent de la résoudre.

Nous constatons effectivement que Jacques Du Cerceau, l'architecte du roi en 1602, fut parrain, en 1606, du fils d'un nommé Legros ; qu'il vivait encore au mois d'avril 1614 ; mourut le 11 septembre de cette même année, et fut enterré au cimetière Saint-Père (1). Ainsi, si c'eût été le même que celui qui naquit au plus tard en 1520, il eût été presque centenaire au moment de sa mort, circonstance très exceptionnelle, contraire aux probabilités, et que d'autres rendent encore plus difficile à admettre.

Dans le second volume *des plus excellens Bastimens de France*, qui porte la date de 1579, Du Cerceau dit : « La vieillesse ne me permet pas de faire telle diligence que j'eusse fait autrefois, » et dans l'épitre au roi, de son *Livre d'architecture*, paru en 1582, il parle de ses « vieux ans. » Est-ce là le langage d'un homme que la vie ne doit abandonner que trente-deux ans plus tard ?

Enfin, nous voyons, par les titres de l'Université, que Marie Malaper, la femme du Jacques Androuet de 1602, laquelle vivait encore en 1634, comme l'atteste une déclaration passée en son nom, était assez jeune lorsqu'elle devint veuve, pour épouser un sieur de Courcelles en secondes noces. Que la veuve d'un homme ayant pu compter dix-neuf lustres, eut vécu plus de vingt ans après lui, ce serait assurément fort surprenant ; mais que cette femme eût été assez loin de la caducité pour prendre un second époux, ce serait quelque chose de par trop extraordinaire. Aussi cela n'a-t-il pas eu lieu ; car Marie de Malaper eut du Jacques Androuet auquel elle fut unie, deux filles, dont l'une appelée Marie, comme elle, et qui épousa, au mois d'avril 1627, Elie Bédé, sieur des Fougerais, régent de la Faculté de médecine, mourut le 24 décembre 1650, à l'âge de quarante ans ; ce qui équivaut à dire qu'elle était née en 1610. Les titres étant parfaitement précis à ce sujet, il devient matériellement certain que Jacques Androuet, le graveur, n'est pas le même que l'homonyme qui mourut en 1614, car on ne devient point père à quatre-vingt-dix ans, à moins d'appartenir à la race des patriarches. Il y a donc infailliblement eu deux Jacques Androuet notables, et cette circonstance est peu faite pour diminuer la perplexité de ceux qui chercheraient à déterminer avec exactitude la part que chacun des membres de cette famille a pu prendre aux diverses constructions de son époque, matière sur laquelle on n'a guère, jusqu'aujourd'hui, débité que des fables.

Marie Du Cerceau eut au moins trois enfants : un fils Henri, mort le 31 décembre 1645, à l'âge de deux ans, et deux filles : Louise, morte le 20 septembre 1638, à l'âge de cinq ans, et Anne, morte le 28 avril 1651, à l'âge de

_______________

(1) Ce cimetière, dont il est mainte fois parlé dans les titres de l'abbaye Saint-Germain, au XVI° siècle, avait été concédé aux protestants peu de temps après l'Edit de Nantes. Le 9 juillet 1685, le roi le donna à l'hôpital de la Charité. Supprimé avec les autres cimetières de Paris, il a été transformé en propriété particulière, et l'emplacement en est maintenant occupé par la maison n° 30 de la rue des Saints-Pères.

vingt ans. Celle-ci était sans doute la filleule de sa tante, deuxième fille de
Jacques Androuet, laquelle nommée aussi Anne, s'était mariée au mois
d'avril 1634, à Jean d'Eusquerque, secrétaire d'ambassade des états géné-
raux. Quant à la lignée mâle de cette branche, nous ne possédons qu'un renseignement : le 1er juin 1665, une Marie Androuet Du Cerceau mourut, qui
était fille de Marie Béliart et d'un Jacques Androuet, orfévre. Ce Jacques,
orfévre, doit être le frère de Marie et d'Anne Du Cerceau ; mais nous n'en
connaissons rien (1), non plus que d'un Paul Androuet Du Cerceau, architecte, qui vivait en 1660, et a gravé des cahiers d'ornements, publiés par
Poilly. Il est à penser que la nombreuse famille des Du Cerceau a quitté la
France après la révocation de l'Edit de Nantes.

Le second des Du Cerceau, par ordre chronologique et aussi par ordre de
réputation est Baptiste Androuet.

M. le duc de Nevers, historien contemporain, dit Callet, rapporte
qu'en 1575 Henri III, voulant faire construire une maison de plaisance près
de Paris, en chargea un nommé Magny ; mais que, s'étant aperçu du peu de
talent de ce dernier, il lui substitua Baptiste, alors fort jeune, qui travail-
lait chez Magny en qualité de dessinateur ; et telle fut l'origine de sa faveur
auprès du roi. Dans les deux exemplaires des Mémoires du duc de Nevers
que nous avons consultés, il n'est pas d'indication d'un fait pareil. Néan-
moins l'anecdote de Callet porte un cachet de vérité qui nous dispose à admettre qu'elle n'est point, comme tant d'autres de ses dires, le fruit de sa
seule imagination. Quoi qu'il en soit, il est sûr que Baptiste Androuet fut architecte de Henri III. Dans un acte du 7 novembre 1585 où il figure comme
preneur au nom de ce prince, il est qualifié de « vallet de chambre dudict
sire (2) et ordonnateur général des bastiments de Sa Majesté » (3). Germain
Brice (t. IV, p. 159 de l'éd. de 1752) dit que sa place de surintendant lui valait
6,000 livres d'appointements, et Lestoile, qui l'appelle aussi « architecte du
roi, » ajoute que c'était un « homme excellent et singulier dans son art » (Ed.
Michaud, p. 193), dans le passage où il raconte qu'au mois de décembre 1585,
Du Cerceau prit congé du roi, aimant mieux « quitter... ses biens que de re-
tourner à la messe. » C'est effectivement Baptiste, et non point Jacques, qui
fut le héros de cette aventure si souvent répétée. La preuve, c'est que Lestoile ajoute qu'il laissa là « sa maison qu'il avoit nouvellement bastie avec

(1) Au moment où nous corrigions les épreuves de cet article, M. Ch. Read nous
a signalé des extraits qui lui sont récemment parvenus, des registres de l'Eglise
de Bois-le-Roi, près de Fontainebleau ; nous y voyons Jacques Androuet, l'époux
de Marie Belliard, qualifié de bourgeois de Paris ainsi que de *receveur*, et men-
tionné comme le père de quatre enfants aux prénoms de François, d'Anne-Marie,
de Pierre et de Baptiste, lesquels, à l'exception du dernier, sont dits être morts
en très bas âge.

(2) Dans les comptes de la maison du duc d'Anjou, en 1580 (f° 208 r°), un
article est ainsi conçu : « Charles Androuet, dict Cerceau, aussi vallet de garde-
robe de mon dict seigneur » (le duc).

(3) L'acte en question est relatif à l'acquisition de la maison où Henri III
établit les Feuillants. (Arch. de l'Emp., S. 4165-6.)

grand artifice et plaisir, au commencement du Pré aux Cleres, et qui fust toute ruinée sur lui. » Or, cette maison, comme nous le dirons plus loin d'après les titres de propriété, fut construite par Baptiste, et ne passa à un Jacques Androuet qu'en 1602 (1).

C'est également Baptiste qui commença les travaux du Pont-Neuf. Sur ce sujet, le témoignage de Brice est encore confirmé par celui de Lestoile, qui s'exprime ainsi : « En ce mesme mois de may (1578) fut commencé le Pont-Neuf... sous l'ordonnance du jeune Du Cerceau, architecte du roy. » Cette épithète de « jeune » ne saurait s'appliquer à Jacques, qui, nous l'avons déjà fait remarquer, dès 1579, faisait allusion à sa vieillesse.

Si Baptiste quitta Paris en 1585, il ne s'ensuit aucunement qu'il se réfugia à l'étranger. Comme tant d'autres protestants, il put chercher un abri dans quelque coin de la France, où ses coreligionnaires étaient assez nombreux pour se protéger par la force. Suivant Callet, en 1588 il fut obligé de s'éloigner de la capitale, ce qui établirait qu'il y était revenu ; mais Callet ne tient apparemment ce langage que par suite de son ignorance sur l'identité du Du Cerceau ayant renoncé à sa charge en 1585. Callet doit être bien plus dans le vrai lorsqu'il rapporte que Baptiste alla rejoindre Henri IV, après la mort de son prédécesseur. Il est hors de doute qu'il fut l'architecte de l'un comme il avait été celui de l'autre. La lettre de nomination de son fils aux mêmes fonctions, mentionne les services du père envers les « feuz roys. » Dans tous les cas, Baptiste ne jouit pas longtemps de ses fonctions de surintendant des bâtiments, lorsqu'il put les exercer dans leur plénitude ; car il ne vécut pas jusqu'au mois de mars 1602, époque où sa veuve, Marie Raguidier, vendit sa maison du Pré au Cleres, en possession de laquelle il dut être réintégré immédiatement après que Paris eut ouvert ses portes à Henri IV, et qu'il fit probablement relever de ses ruines.

Nous avons vainement essayé d'éclaircir quel était le lien de parenté qui unissait Baptiste Androuet à Jacques. Ce dernier était-il son oncle, ce que nous serions le plus disposé à croire ? Etait-il son frère, ce qui semble très possible, malgré la différence d'âge ? Serait-ce enfin son propre père, ainsi que l'assure Callet, suivant son habitude, sans en donner la moindre preuve, et en ne se basant que sur la similitude des noms ? De toutes ces hypothèses, cette dernière nous parait la moins satisfaisante, tout ce que nous entrevoyons sur cette matière tendant à l'infirmer. Si Baptiste était le fils de Jacques, comment supposer qu'il eût été apprendre son art chez un étranger aussi peu distingué que Magny, au lieu d'étudier sous les yeux de son père ? Comment ne trouve-t-on aucune indication de ce lignage remarquable, même dans les documents où il serait si naturel qu'il en fût fait mention, par exemple, dans les transactions de 1602, stipulées par Marie Raguidier, « en son nom et comme tutrice de ses enfants, » qui eussent été les petits-fils de l'acheteur, ou tout au moins ses neveux ? Plus on réfléchit à ce sujet, moins on incline à accepter l'opinion de Callet.

(1) L'article, si bien étudié d'ailleurs, de la *France protestante*, a reproduit l'erreur que nous venons de réfuter : il ne pouvait en être autrement.

Baptiste, en mourant, laissa plusieurs enfants mineurs ; l'un deux avait nom :

.Jean Androuet. C'est le quatrième et le dernier qui ait acquis une grande notoriété. Le 30 septembre 1617 il fut nommé architecte de Louis XIII, en remplacement d'Antoine Mestivier, récemment décédé. L'acte qui constate le fait exclut toute ambiguïté. Il y est énoncé que « le roy... voulant recongnoistre envers Jean Androuet, dit Du Cerceau, *fils de feu Batiste Androuet* Du Cerceau, son père, les services des feuz roys ; bien informé aussi de la suffisance dudit Du Cerceau fils, Sa Majesté luy a donné la charge d'architecte, de laquelle estoit pourvu ledit Mestivier, et lui a accordé la somme de cinq cents livres de gaiges... voulant que ledit Du Cerceau soit doresnavant employé ès estats des officiers servans de ses dits bastimens» (1).

De même que Baptiste Androuet avait été choisi pour jeter les fondements du Pont-Neuf, son fils Jean fut préféré pour bâtir le Pont au Change moderne, reconstruit en pierre de 1639 à 1647 (Brice, t. IV, p. 333). Nous ne savons du reste s'il conduisit sa tâche à bonne fin ; car nous ignorons quand il mourut. Rien ne nous est parvenu non plus sur ses héritiers, et l'on peut douter qu'il en ait eu de directs, lorsqu'on rapproche cette absence totale de renseignements du nombre de ceux qu'on est à même de citer sur la branche des Jacques Du Cerceau.

Le dernier Jacques Androuet qui se soit occupé d'architecture étant mort en 1614, il est à penser que c'est à Jean qu'il faut attribuer les diverses constructions postérieures à cette date, et auxquelles se rattache le nom de Du Cerceau, et particulièrement l'hôtel de Bretonvilliers, élevé pour Bénigne le Ragois de Bretonvilliers, lequel fit sa fortune sous le ministère du cardinal Mazarin (2).

Aux renseignements qui précèdent se bornent tous ceux que nous avons pu jusqu'ici réunir sur la famille des Du Cerceau. Puisse un plus heureux que nous, résoudre définitivement la seule question importante que nous sommes contraint de laisser indécise : le degré de parenté entre l'auteur populaire des *plus excellens Bastimens de France*, et le premier possesseur de l'élégante habitation du petit Pré aux Clercs, dont il nous reste à parler.

Le petit Pré aux Clercs, dont tout le monde parle, comme du grand, sans

(1) La pièce, signée Louis, et au-dessous, *Loménie*, se trouve au département des manuscrits de la Bibliothèque impériale ; nous en devons la communication à l'obligeance de M. Hauréau, qui l'a rencontrée en poursuivant le cours de ses savantes investigations, ayant pour but la continuation du *Gallia christiana*, œuvre considérable dont le commencement a déjà été couronné par l'Académie des Inscriptions.

(2) Il y a eu un autre Jean Androuet, aussi architecte et parent de celui dont nous parlons ; mais il est mort en 1644, à l'âge de 21 ans, et conséquemment n'a point eu le temps de se faire connaître. Il était natif de Verneuil-sur-Oise, et fils de Moïse Androuet et de Madeleine du Courty, personnages qui n'ont laissé aucun souvenir.

le connaitre, était un terrain de deux arpents et demi, disent les historiens, et de trois arpents trois quarts, suivant les plans que nous en connaissons, qui fut donné en 1368, par l'abbaye Saint-Germain des Prés à l'Université, comme dédommagement de la portion du grand Pré aux Clercs prise pour y creuser un des fossés dont on entoura alors le monastère. Compris entre les deux chemins représentés actuellement par les rues du Colombier (Jacob) et des Petits-Augustins (Bonaparte), il s'étendait sur une longueur de 168 mètres le long de la première de ces rues, et sur une largeur de 76 mètres le long de la seconde (1). En 1540, l'Université voyant qu'il lui était plus onéreux qu'utile, résolut de s'en défaire, et l'aliéna à un nommé Pierre Leclerc. Celui-ci le bailla par parcelles à divers particuliers; mais, obligé de rétrocéder ses droits à l'Université en 1552, il laissa une portion du Pré, de 59 perches de superficie, à l'état de place vague. Cette portion, dont les dimensions ont été parfaitement conservées, est celle où s'élèvent les deux dernières maisons, vers l'ouest, de l'îlot circonscrit par les rues du Colombier, des Petits-Augustins et des Marais. Elle ne fut accensée qu'en 1565. Le 24 février de cette année, Alexandre Papin (ou Sapin), écuyer et seigneur de Beaulieu, en fit l'acquisition, à charge d'y bâtir avant cinq ans, et moyennant 2 sols parisis de cens et 12 livres de rente annuelle. Dans l'acte dressé à cette occasion, il est dit que « ladicte place de terre est à prendre du costé des fossez de l'abbaye Saint-Germain des Prez (2), depuis la maison appartenant aux héritiers feu Jean Bigaut (3), jusques à la première borne faisant séparation du grand et du petit Pré aux Clercs, le chemin entre deux, mise (la borne) et assize sur lesdits fossez, du consentement de ladicte Université, suivant l'arrest de la cour du parlement, et tirant audict grand Pré, faisant séparation de ladicte place et du chemyn tendant desdicts fossez à la rivière de Seyne (4), d'autre costé à la rue des Marais, depuis le coing du jardin desdicts héritiers Bigaut jusques audict grand chemyn qui faict séparation desdicts deux prez (5). »

(1) Voir notre Notice sur les deux Prés aux Clercs, *Revue archéologique* du 15 octobre 1855.

(2) C'est-à-dire sur la rue du Colombier (Jacob).

(3) C'est la maison n° 28 rue Jacob, réunie à la maison n° 21 rue des Marais; le terrain en fut accensé, le 7 mars 1546, à Jean Courjon.

(4) Rue des Petits-Augustins, ou Bonaparte, énoncée aussi à la ligne suivante, « chemyn qui faict séparation des deux prez. »

(5) Archives impériales, carton S. 6188. Il est également parlé de la maison de Du Cerceau dans un Mémoire imprimé en 1687, sans nom d'auteur, mais que nous avons vu attribuer à Pourchot, syndic de l'Université. Ce Mémoire est intitulé : *Mémoire touchant la seigneurie du Pré aux Clers, appartenant à l'Université de Paris, pour servir d'instruction à ceux qui doivent entrer dans les charges de l'Université.* Il en est plusieurs exemplaires aux Archives impériales, l'un, entre autres, dans le fonds des Petits-Augustins, où nous l'avons vu dès 1854. Entre la rédaction et l'impression de cette notice, M. Ed. Fournier a publié l'opuscule de Pourchot dans ses *Variétés historiques et littéraires* (Biblioth. Elzév. de P. Jannet), et fort embarrassé, comme il l'avoue (t. IV, p. 121), pour en expliquer le passage relatif aux Du Cerceau, il a eu recours à la supposition

Si Papin paya ses cens, il ne paraît pas qu'il observa de même la clause re-
lative aux constructions à faire ; car lorsqu'il revendit son terrain, le 5 février
1584, à Christophe Le Mercier, maître maçon, la place était encore vide ; et le
nouveau preneur dut s'engager à y bâtir réellement dans l'année. Il le fit effectivement, mais seulement sur la moitié orientale de sa propriété dont l'autre
moitié, celle qui faisait le coin de la rue des Marais, en même temps que
de la rue du Colombier, et forme maintenant le nº 32 de la rue Jacob, fut
cédée par lui le 11 novembre 1584, à Baptiste Androuet Du Cerceau, « architecte du roy ; » celui-ci y éleva aussi une maison, c'est celle que Lestoile
dit avoir été « bastie avec grand artifice et plaisir. » La construction qui la
remplace aujourd'hui est toute moderne, et rien n'y rappelle la résidence
artistique dont elle a été précédée, et sur laquelle on ne possède aucun dé-
tail, le plan que Callet s'est imaginé avoir découvert n'offrant aucune coïn-
cidence avec le terrain, rigoureusement maintenu encore, nous le répé-
tons, dans ses limites primitives.

On peut croire qu'en choisissant, pour y fixer sa demeure, ce petit Pré
aux Clercs, que Théodore de Bèze appelle *la petite Genève*, Baptiste Androuet ne fut pas conduit uniquement par l'espoir d'y avoir de ses coreligionnaires pour voisins, mais qu'il y fut également décidé par la proximité
du Pont-Neuf, dont il dirigeait les travaux. Situé alors hors des murs de la
ville, le petit Pré aux Clercs devait être d'ailleurs un séjour favorable aux
méditations d'un artiste (1). Les constructions n'y étaient point encore
nombreuses, et celles qui s'y voyaient, maisons de campagne ou tuileries
rustiques, n'empêchaient pas la vue de s'y reposer sur la verdure des champs
et des pâturages qui s'étendaient au loin le long de la rivière. On n'y en-
tendait pas ce murmure fatigant de la foule affairée, se pressant dans les
rues étroites de l'intérieur de Paris, et l'attention n'y était pas distraite par
les cris de toute sorte dont retentissaient les quartiers industrieux. Aux
jours de fête, l'affluence des promeneurs donnait au paysage une animation
qui, contrastant avec la tranquillité habituelle de ces régions, en rompait la
monotonie sans en diminuer le charme. Placé sur la limite où le bourg Saint-
Germain venait se fondre avec les terres en culture, le petit Pré aux Clercs
offrait à ses hôtes le double avantage résultant du voisinage des champs et
de la ville.

Nous retrouvons dans un titre de 1587 la mention de la maison de
« Monsieur Du Cerceau, » mais cela ne démontre pas que son maître y fût revenu habiter. Saccagée après le départ de Baptiste, elle le fut probablement
de nouveau et plus complétement, en même temps que les autres maisons
du voisinage, lors du siége de Paris, et ce dut être dans un triste état qu'il
la retrouva après la reddition de la ville en 1594. Ce que nous en pouvons

d'une erreur de rédaction. Mais les actes notariés que nous avons relevés ne
comportent pas une telle hypothèse.

(1) Un autre artiste célèbre du XVIᵉ siècle a également demeuré au petit
Pré aux Clercs, comme nous le montrerons dans un prochain travail.

dire de plus, c'est qu'à la date du 23 mars 1602, la veuve de Baptiste Androuet, Marie Raguidier, la vendit au Jacques Androuet alors contrôleur des bâtiments de la couronne. Après la mort de celui-ci, sa femme, Marie de Malaper, qui en passa titre nouvel au terrier de l'Université, le 26 mai 1634, continua à en jouir jusqu'à ce qu'elle rejoignit au tombeau son premier époux, et la laissa en héritage à sa fille Marie Androuet. Cette dernière l'apporta en dot à son mari Elye Bédé; il était lui-même, par un assez singulier hasard, propriétaire, avec son frère, de la maison voisine, vers l'est. Cette maison avait été acquise le 14 juillet 1602 par Jean Bédé, leur père, d'Antoinette Delaistre, veuve de ce Christophe Mercier auquel Baptiste avait, en 1584, acheté la moitié de son terrain.

Paris. — Imp. de Ch. Maulde et Ce, rue des Grès, 11. — 1857.

# SOCIÉTÉ DE L'HISTOIRE

DU

# PROTESTANTISME FRANÇAIS

5<sup>e</sup> ANNÉE.

Cette Société, analogue à celle de l'*Histoire de France* qui a déjà rendu tant de services, a pour but de rechercher, de recueillir et de faire connaître tous les documents, inédits ou imprimés, qui intéressent l'histoire des Eglises protestantes de langue française. Ses recherches portent, non-seulement sur les affaires intérieures des Eglises, mais sur les rapports des protestants avec le gouvernement, sur la vie des hommes célèbres appartenant à la communion évangélique, sur leurs travaux de littérature, de science ou d'art, en un mot, sur tout ce qui est relatif aux origines de la Réforme française et à l'état du Protestantisme français dans le XVI<sup>e</sup>, le XVII<sup>e</sup> et le XVIII<sup>e</sup> siècle. Elle s'occupe aussi de l'histoire des Eglises d'origine allemande devenues françaises par annexion de territoires, et des tentatives faites pour introduire la Réforme en Italie et en Espagne. (Art. 1 et 2 des statuts.)

Elle publie un *Bulletin*, ou Compte rendu des travaux et Revue historique, religieuse et littéraire, et un *Recueil*, ou Collection d'ouvrages spéciaux d'histoire protestante (art. 18). Le *Bulletin* a douze numéros chaque année et paraît par *cahiers* d'un ou plusieurs numéros. Dans les quatre premières années (1852-56) quarante-huit numéros ont paru en vingt-quatre cahiers, soit quatre forts volumes contenant de nombreux documents inédits et originaux. — La 5<sup>e</sup> année (1856-57) en cours de publication.

Abonnement au *Bulletin* : 13 fr. par an pour la France (15 fr. par la poste). — Pour l'étranger, port spécial en sus. — Agence centrale, 30, rue Sainte-Anne, de 3 à 5 heures. (Ecrire *franco*.)

Paris. — Typ. de Ch. Meyrueis et C<sup>e</sup>, rue des Grès, 11. — 1857.

www.ingramcontent.com/pod-product-compliance
Lightning Source LLC
LaVergne TN
LVHW050301030726